Hannas Weihnachtsengel

aus der Reihe
„*Perlen unserer Erinnerung*"

AF184741

Carmen Sabernak (Hrsg.)

Bibliografische Information der Deutschen Nationalbibliothek:
Die Deutsche Nationalbibliothek verzeichnet diese Publikation in der Deutschen Nationalbibliografie; detaillierte bibliografische Daten sind im Internet über dnb.d.nb.de abrufbar.

Nachdruckverbot
Das Werk, einschließlich seiner Teile, ist urheberrechtlich geschützt. Jede Verwertung ist ohne Zustimmung der Autoren unzulässig. Dies gilt insbesondere für die elektronische oder sonstige Vervielfältigung, Übersetzung, Verbreitung und öffentliche Zugänglichmachung.

Impressum
2013 © Carmen Sabernak, alle Rechte vorbehalten

Herstellung und Verlag:
BoD - Books on Demand, Norderstedt

Satz und Layout:
Kay Feuerstake

Bildnachweis (Cover):
© by-studio © dudek - Fotolia.com

ISBN: 9783732280414

Inhalt

Vorwort, Seite 5
Es gibt so wunderweiße Nächte, Seite 7
Der Weihnachtsengel, Seite 8
Die heilige Nacht, Seite 10
Die Silberkugeln, Seite 11
Großmutters Weihnachtsrezept, Seite 14
Weihnachtslied, Seite 15
Weihnachtsüberraschung, Seite 16
Weihnachten, Seite 18
Ofen knistern, Seite 19
Vom Christkind, Seite 22
Kokosgebäck, Seite 23
Weihnachten in der Namib-Wüste, Seite 24
Knecht Ruprecht war da!, Seite 28
Weihnachten im Garten, Seite 29
Alles still!, Seite 31
Heimlichkeiten, Seite 32
Winterzeit, Seite 33
Die Feder am Weihnachtsbaum, Seite 34
Der Weihnachtsbaum, Seite 38
Christkindl's Geheimnis, Seite 40
Was wünsch ich mir zu den Feiertagen?, Seite 42
Winterzauber, Seite 43
Die Puppe, Seite 44
Christkindchen, Seite 46
Der Traum, Seite 47
Gegenüber, Seite 49
Übermut im Schnee, Seite 50
Wunschzettel, Seite 51
Vorsätze, Seite 53
Über die Autorinnen, Seite 54
Platz für eigene Geschichten, Seite 56 ff.

Vorwort

G erne schreibe ich Gedichte.
E s sind meist naive Verse über die Natur.
S chade war es nur, daß sie nicht veröffentlicht wurden.
C armen Sabernak gründete im Frühjahr 2013 eine Schreibgruppe.
H ier schloß ich mich an.
I ch erfuhr, daß sie mehrere Bücher mit gesammelten Gedichten und Geschichten drucken lassen wollte. Jetzt erhielt ich eine
C hance der Veröffentlichung.
H eute
T reffen wir uns
E inmal im Monat und tragen
N eues vor. Frau
S abernak ordnet die
A rbeiten
M it viel Sachkenntnis. Sie
M untert alle auf, gibt uns
L eichte Hinweise
U nd reiht
N eue Gedichte und alte
G eschichten wie Perlen an einer Schnur auf.
Wir sind alle auf das Ergebnis gespannt.

GELA

Es gibt so wunderweiße Nächte

Es gibt so wunderweiße Nächte,
Drin alle Dinge Silber sind.
Da schimmert mancher Stern so lind,
Als ob er fromme Hirten brächte
Zu einem neuen Jesuskind.

Weit wie mit dichtem Diamantenstaube
Bestreut, erscheinen Flur und Flut,
Und in die Herzen, traumgemut,
Steigt ein kapellenloser Glaube,
Der leise seine Wunder tut.

(Rainer Maria Rilke)

Der Weihnachtsengel

Ich war 19 Jahre jung und erwartete mein erstes Kind. Es sollte im Januar geboren werden und ich war voller Vorfreude.

Am Heiligen Abend war ich leider allein zu Haus. Meine freundliche Nachbarin lebte immer allein und bat mich zu sich herüber. Sie hatte ein Stück Kuchen und Kaffee, aber ich verspeiste mit Hochgenuss eine Banane. Dazu aß ich sauren Fisch. Was für ein Fest. Meine Nachbarin schüttelte den Kopf. Sie konnte sich dieses Geschmackserlebnis nicht im Geringsten vorstellen. Wir plauderten ein bisschen, die Stube war warm und die Zeit verging schnell.

Ich wollte mich verabschieden und gerade, als ich „schöne Weihnachten" wünschte, hat mein Kind wohl gedacht, es wolle auch zu diesem Weihnachtsfest schon auf der Welt sein.

Der Krankenwagen wurde gerufen und ich verbrachte den Heiligen Abend auf der Entbindungsstation und im Kreißsaal. Am 25. Dezember wurde mein kleiner Weihnachtsengel geboren. Das war mein schönstes Geschenk. Ich war glücklich, wiegte ich doch mein erstes Kind in meinen Armen.

Was für ein Weihnachtsfest. Wir freuten uns über unseren wunderbaren Sohn. Nun waren wir eine richtige kleine Familie. Wir zogen nach Potsdam und richteten uns in unserem Leben zu dritt ein.

Nur sechs Monate später wurde unser Weihnachtsengel schwer krank. Ein sehr aggressiver Keim schwächte ihn zusehends. Niemand konnte mehr helfen. Er ist einfach von uns gegangen. Er war doch noch so klein, so zart und unser ganzes Glück.

Er war nur so kurz auf dieser Welt, wollte aber unbedingt zum Weihnachtsfest auf der Welt sein. Es sollte sein einziges Weihnachtsfest sein.

Wir liebten ihn sehr. – Ob er das schon fühlen konnte?

Jedes Jahr am 1. Weihnachtsfeiertag denke ich besonders intensiv an unseren Sohn. Er wird immer seinen Platz in unseren Herzen behalten.

(erzählt von Hanna)

Die heilige Nacht

Gesegnet sei die heilige Nacht,
die uns das Licht der Welt gebracht! -
Wohl unterm lieben Himmelszelt
die Hirten lagen auf dem Feld.

Ein Engel Gottes, licht und klar,
mit seinem Gruß tritt auf sie dar.
Vor Angst sie decken ihr Angesicht,
da spricht der Engel: „Fürcht' euch nicht!"

„Ich verkünd euch große Freud:
Der Heiland ist geboren heut."
Da gehn die Hirten hin in Eil,
zu schaun mit Augen das ewig Heil;

zu singen dem süßen Gast Willkomm,
zu bringen ihm ein Lämmlein fromm. -
Bald kommen auch gezogen fern
die heilgen drei König' mit ihrem Stern.

Sie knien vor dem Kindlein hold,
schenken ihm Myrrhen, Weihrauch, Gold.
Vom Himmel hoch der Engel Heer
frohlocket: „Gott in der Höh sei Ehr!"

(Eduard Mörike)

Die Silberkugeln

Silberne Kugeln waren es. Schon etwas matter, etwas abgegriffen. Aber wunderschön. Diese hübschen weißen verträumten Winterlandschaften aus Pulverschnee hatte sie sich zu gern angeschaut. Sie sucht diese schönen Kugeln, die sie als Kind schon liebte.

Verdammt, wo ist der Karton, wo sind die Kugeln geblieben? Nach dem Umzug kann sie die, so besonders sorgfältig in Seidenpapier gewickelten, Weihnachtskugeln nicht finden. Der Nussknacker ist in der neuen Wohnung angekommen. Er schaut ernst aus seinem Karton und versteckt das kleine Räuchermännchen an seiner Seite. Die sind also beide da. Aber wo sind die besonderen Kugeln? Die mit den Kindern aus Pulverschnee, die mit Pullover und Schal eine Schneeballschlacht machen?

Die Herbstsonne blendete sie, als sie traurig am Fenster stand und versuchte, sich zu erinnern. Sie hatte doch alles in diesen Extra-Karton gepackt. Alle Weihnachtssachen. Auch diese Kugeln. Die anderen Kugeln waren da, aber wo sind die silbernen Schmuckstücke geblieben?

Sie hatte diese Kugeln immer gehütet. Weil sie so schön waren. Und silbern strahlten. Kugeln mit Schleifenband oder

Draht. Das Schleifenband war schon ganz faserig, weil es immer an den trockenen Nadeln hängen blieb. Man hätte es erneuern können, aber es musste dran bleiben, es gehörte dazu.

Und es waren Kugeln von ihren Eltern. Diese Kugeln haben in den schweren Jahren in jedem Jahr den Baum von Ellis Eltern geschmückt. Als Elli später ihre erste eigene Wohnung bezogen hatte, bekam sie von ihren Eltern einen Karton genau dieser Kugeln geschenkt. Neun Stück. Zwei sind ihr beim ersten Umzug kaputt gegangen. Aber sieben konnte sie immer noch an ihren Baum hängen. Oder in einer Schale dekorieren. Sieben Silberkugeln suchte sie nun.

Elli liebt diese Kugeln. Ihr Vater schmückte in jedem Jahr den Weihnachtsbaum so festlich, dass diese Kugeln mit ihm zu tun hatten. Es waren seine Kugeln. Er liebte Weihnachten. Er liebte es, wenn die Familie zusammen war und pünktlich zum 1. Advent waren die Fenster dekoriert mit Watte, Kugeln und Nussknacker, Räuchermännchen und allerlei anderen Glitzersachen. Auch Sterne durften nicht fehlen. Die hatten die Kinder ausgeschnitten. Aus Buntpapier und später auch Silberpapier oder Goldpapier, was es eben so gab.

Die Adventssonntage waren kuschelig. Das begann schon mit dem Heizen der Öfen. Die Eisblumen am Fenster (in der ganzen Wohnung gab es Doppelfenster, deshalb konnte man die so schön dekorieren) verzauberten den Sonntagmorgen. Der Kakao zum Frühstück duftete bis ins Kinderzimmer und die Weihnachtsbücher oder Märchenbücher wurden hervorgekramt. Nachmittags wurde gelesen, gebastelt oder Bratapfel aus der Ofenröhre gegessen.

Elli stand noch immer am Fenster. Sie träumte in den Tag und konnte Kakao und Bratapfel fast schmecken. So nah war ihr Kindheitsweihnachten.

Die Tränen, die ihr über das Gesicht rannen, nahm sie gar nicht wahr. Sie lächelte ihren Erinnerungen zu.

Ihr Mann suchte sie. Sie drehte sich um und sah ihn fragend an. Er hatte ein fröhliches Lachen im Gesicht. In der Hand hielt er einen weißen Karton mit sieben Silberkugeln. Jede war sorgfältig in Seidenpapier gewickelt. Alle waren heil geblieben. Er hatte sie nicht in der Komplettkiste gelassen, sondern extra transportiert. Sie sollten auch in diesem Jahr wieder an Ellis Weihnachtsbaum hängen.

Elli wickelte eine der Kugeln aus und betrachtete mit einem Gefühl von Glückseligkeit die Kinder aus Pulverschnee beim Schlittenfahren.

(Carmen Sabernak)

Großmutters Weihnachtsrezept

„Kuchen auf Altdeutsch"

Diesen einfachen Kuchen aßen wir gern in der Weihnachtszeit. In manchen Jahren, war es aber nicht möglich, die Zutaten zu erhalten. Aus diesem Grund ist dieses Rezept für mich Kindheit und Erinnerung an die Feiertage mit meiner eigenen Familie.

Man nehme:
5 Eier
300 g Butter
200 g Zucker
1 Vanille-Zucker
500 g Mehl
1 Backpulver
250 g Mandeln (grob gehackt)
250 g Rosinen
Zitronat, Orangat (nach Belieben)
1 Zitrone (Saft)
1 Prise Salz

Alles gut verrühren und bei 180°C etwa 60 Minuten backen.

(Christel Hübner)

Weihnachtslied

Vom Himmel in die tiefsten Klüfte
Ein milder Stern hernieder lacht;
Es brennt der Baum, ein süß' Gedüfte
Durchschwimmet träumerisch die Lüfte,
Und kerzenhelle wird die Nacht.

Mir ist das Herz so froh erschrocken,
Das ist die liebe Weihnachtszeit!
Ich höre fernher Kirchenglocken
Mich lieblich heimatlich verlocken
In märchenstille Herrlichkeit.

Ein frommer Zauber hält mich wieder,
Anbetend, staunend muss ich stehn;
Es sinkt auf meine Augenlider
Ein goldner Kindertraum hernieder,
Ich fühl's, ein Wunder ist geschehn.

(Theodor Storm)

Weihnachtsüberraschung

Ja, liebe Kinder, in der Adventszeit geht es um Weihnachtsgedichte, um Lieder singen und Familienfeste, aber vor allem geht es um Geschenke.

Gehen meine Wünsche in Erfüllung? Heimlichkeiten überall.

Zu meiner Kindheit gab es viel Armut, Hunger und Not. Es war Krieg.

Als mein Vater aus dem Krieg nach Hause kam, hatte er plötzlich nur noch ein Bein. Er musste gesund werden und benötigte eine Prothese. Er hatte keine Arbeit und so reichte das wenige Geld gerade für Brot, Zuckerrüben und manchmal auch für Kartoffeln. Das waren die echten Feiertage.

Wir Geschwister glaubten nicht daran, dass unsere Wünsche erfüllt werden würden. In diesem Jahr konnte es doch keine Geschenke geben. Aber vielleicht Kartoffeln.

Der Heilige Abend kam heran. Wir hatten etwas Holz und wir Kinder genossen die Wärme, die der alte Ofen herzugeben vermochte. Es roch nach den Bratäpfeln, die in der Ofenröhre vor sich hin brutzelten. Wir hatten sogar einen kleinen Weihnachtsbaum. Die Wärme des Ofens wetteiferte mit der Familienwärme, die wir endlich wieder komplett erleben konnten.

Wir dachten beim Bratapfelschmaus gar nicht mehr an Geschenke, aber plötzlich holten unsere Eltern zwei große Pakete für uns unter dem Tannenbaum hervor.

Mein kleiner Bruder bekam kleine Tiere aus Holz für seinen Bauernhof. Die hatte mein Vater selbst geschnitzt. Für mich stand da eine Puppenstube, von meinen Vater aus dem gleichen Holz gebaut. Wir freuten uns wie zwei Königskinder.

Meine Mutter zauberte noch einige Süßigkeiten auf den Tisch, die sie aus Zuckerrübensirup gemacht hatte. Sie waren wunderbar süß und knusprig.

Zu unserer großen Freude holte sie ihre Mandoline und wir besangen unseren kleinen Weihnachtsbaum aus vollem Herzen.

Es war ein besonderes Weihnachtsfest. Und es war alles da, was uns glücklich machte.

(erzählt von Hanna)

Weihnachten

Markt und Straßen stehn verlassen,
Still erleuchtet jedes Haus,
Sinnend geh' ich durch die Gassen,
Alles sieht so festlich aus.

An den Fenstern haben Frauen
Buntes Spielzeug fromm geschmückt,
Tausend Kindlein stehn und schauen,
Sind so wunderstill beglückt.

Und ich wandre aus den Mauern
Bis hinaus in's freie Feld,
Hehres Glänzen, heil'ges Schauern!
Wie so weit und still die Welt!

Sterne hoch die Kreise schlingen,
Aus des Schneees Einsamkeit
Steigt's wie wunderbares Singen –
O du gnadenreiche Zeit!

(Joseph Karl Benedikt Freiherr von Eichendorff)

Ofen knistern

Jeden Tag fährt sie quer durch die Stadt, um zur Arbeit zu gelangen. Sie genießt diese Fahrten trotz Stau. Täglich bietet sich ein anderes Bild. Sonnenaufgang und Sonnenuntergang, Schnee und Regen, Morgenrot und Abendrot, nie erlebt sie ein gleiches Bild.

Die Straßen sind immer voll im Berufsverkehr. Manche Fahrer gähnen noch oder wieder. Manche fahren viel zu schnell, andere haben alle Zeit der Welt.

Im Herbst freut sie sich über die unendliche Farbfülle, die das Laub an den Bäumen im Sonnenlicht präsentiert. Wenige Tage später taumeln die Blätter im Wind, bevor sie leise raschelnd liegen bleiben.

Mit den ersten Frösten sind die Bäume fein überzuckert vom Raureif und glitzern bizarr im Scheinwerferlicht. Jetzt beginnt die Zeit, wo ein ganz besonderer Geruch über einer Straße liegt. Hier gibt es noch viele alte Häuser mit Ofenheizung.

Sie ist froh, nicht mehr täglich heizen zu müssen, aber dieser Geruch von Feuerholz und Kohle lässt sie an ihre Kindheit denken. An das Knistern im Ofen und die wohlige Wärme.

Im Wohnzimmer stand der schönste Ofen. Dunkelgrün mit wunderschönen Kacheln. Groß war er. Riesengroß in ihrer Erinnerung. Gerade richtig, um die hohen großen Räume mit den prächtigen Fensterfronten warm zu bekommen.

In der Ofenröhre stand oft Tee für die Kinder. Man hielt auch das Essen warm, wenn ein Familienmitglied nicht an den Mahlzeiten teilnehmen konnte. Und in der Weihnachtszeit wurden darin Bratäpfel gebrutzelt. Die dufteten durch die gesamte Wohnung. Sie gelangen nur in der Ofenröhre so gut.

Sie spürt noch heute die heilsame Wärme des Ofens bei Rückenschmerzen, Bauchschmerzen oder Liebeskummer.

Wenn es richtig kalt wurde, dann wurden in die Betten der zwei Schwestern Wärmflaschen gelegt. Der Vater hielt die Federbetten an den Ofen und wenn die Kinder aus dem Bad kamen, flitzten sie so schnell sie konnten ins Bett und wurden mit den angewärmten Zudecken eingekuschelt.

So warm und fürsorglich eingepackt war dann immer noch Zeit zum Lesen oder Vorlesen und zum sorglosen einschlummern.

Nach dem Weihnachtsfest durften die Kinder auch manchmal ein paar Zweige vom Tannenbaum mit verheizen.

Diesen Duft kann sie niemals vergessen. Und immer im Winter, in dieser einen Straße mit den alten Häusern, liegt ganz früh am Tag dieser Kindheitsgeruch schwer über der Straße. Die Schornsteine qualmen und einige Leute schimpfen.

Sie macht die Weihnachtsmusik im Radio lauter und lächelt mit dem Wohlgefühl aus längst vergangenen Kindertagen.

(Carmen Sabernak)

Vom Christkind

Denkt euch, ich habe das Christkind gesehen!
Es kam aus dem Walde,
das Mützchen voll Schnee,
mit rot gefrorenem Näschen.

Die kleinen Hände taten ihm weh,
denn es trug einen Sack, der war gar schwer,
schleppte und polterte hinter ihm her –
was drin war, möchtet ihr wissen?

Ihr Naseweise, ihr Schelmenpack –
meint ihr, er wäre offen, der Sack?
Zugebunden bis oben hin!
Doch war gewiss etwas Schönes drin:
Es roch so nach Äpfeln und Nüssen!

(Anna Ritter)

Omas Kekse

Kokosgebäck

Diese leckeren Kekse sind schnell gemacht und werden von Kindern innig geliebt.

Man nehme:

2 Eier
250 g Butter
250 g Zucker
1 Vanille-Zucker
250 g Kokosraspeln
250 g Mehl
1 Messerspitze Backpulver

Teig verkneten, Teelöffelweise auf das Blech geben, platt drücken ca. 20 Minuten bei 180°C backen.

(Christel Hübner)

Weihnachten in der Namib-Wüste

(Auszug aus dem Buch „Von Galapagos bis Gobabeb", als Volontärin rund um die Welt)

Sich in der Wüste mit weihnachtlichen Vorbereitungen zu beschäftigen, ist seltsam. In den 'Slums' haben sie einen kuriosen Adventskranz gebastelt, wenn man das Ungetüm so nennen will. Als Basis wurde ein ausgedienter Autoreifen mit allen möglichen alten und verrosteten Teilen aus unserer Werkstatt geschmückt. Als Kerzen dienen Konservenbüchsen, gefüllt mit wachsgetränktem, altem Papier. Verziert ist das Ganze mit kleinen Blinklämpchen. Wir sitzen zusammen bei einem in den 'Slums' zubereitetem gutem Essen, trinken Bier und feiern Advent.

Ein großer Shoppingtrip wird notwendig, denn an den Feiertagen will sich jeder etwas Gutes gönnen. Große Mengen Fleisch, Fisch, Gemüse, Obst und Getränke werden in Walvisbay eingekauft. Auch ich habe meine diversen Bestellungen mitgegeben. Alles wird im Kühlschrank oder in der Gefriertruhe verstaut. Wir sind guter Dinge im Hinblick auf die Leckerbissen, die auf uns warten.

Kurz vor Weihnachten bahnt sich die erste 'Beinahe-Katastrophe' an. Unsere zwei Generatoren, die Lebensadern der Station, speisen alle elektrischen Geräte. In erster Linie an die 10 Computer, aber auch Herde, Teekessel und - von großer Wichtigkeit - die Kühlgeräte. Allerdings alles nur von 7:30 - 23:30 Uhr. Fallen die Generatoren aber ganz aus, bringt es für die Verpflegung größere Probleme als für die Computer. Bei den Arbeiten im Freiland oder im Büro kann man leicht für einige Tage ohne Elektrik auskommen. Ausgerechnet am Morgen des 20. Dezembers springt keiner der beiden Generatoren an. Werden nun all unsere für Weihnachten am Vortag eingekauften Vorräte an Fisch und Fleisch verderben? Wir wissen nicht, wann die Reparatur erfolgen oder ein Ersatz geliefert werden kann. Walvisbay oder Windhoek sind mit 120 respektive 350 km weit entfernt. Ersatzgenerator oder Teile müssten von dort kommen. Wir verbringen Stunden vor dem Radiotelefon, bis wir eine freie Leitung erhalten. Ein Gespräch ist nicht einfach, weil die Leitung immer nur in einer Richtung frei ist. Nach jedem Satz muss man 'over' sagen. Der Partner weiß dann, dass er jetzt sprechen kann.

Außerdem ist Wochenende und Weihnachten steht vor der Tür. Der endlich eingetroffene Notdienst bekommt zunächst keinen der beiden Generatoren zum Laufen. Endlich, nach 48 Stunden gelingt es, provisorisch einen der beiden in Gang zu bringen. In den 'Slums' müssen sie viel Fisch auf einmal verzehren, braten, einlegen und räuchern. Die Eiscreme können sie noch als Milchshake trinken. Vom vielen Guten wurde ihnen bereits vor Weihnachten schlecht. Aber die Festessen sind wenigstens gerettet!

In unserem Bungalow öffneten wir während der stromlosen Tage keines der Kühlgeräte. Dennoch bin ich beim Wiedereinsetzen des Stroms einen ganzen Tag lang mit dem Verarbeiten unserer nicht wieder einfrierbaren Ware beschäftigt.

Der Weihnachtsabend verläuft ruhig und gemütlich für Inge, Joh und mich. Im Innenhof verzieren wir das kleine Zitrusbäumchen mit allem aufzutreibenden weihnachtlichen Dekor. Ein gutes Essen bei Kerzenschein mit einer Flasche Wein und festlicher Musik verschönt den Abend. Wir verwenden Schwimmkerzen. Andere würden sich bei den hohen Temperaturen verbiegen. Lange sitzen wir zusammen und schauen zu den Sternen. Die sind heute ein wenig schwach zu sehen, denn es ist Vollmond. Aber er gibt ein schönes Licht und die Wüste sieht wie eine Feenlandschaft aus.

Für den nächsten Mittag haben Inge und Joh unser Team eingeladen. Es soll ein ganz besonderes Essen werden: Gefülltes Huhn à la chinesisch. Joh ist dafür zuständig, denn kochen kann der Wissenschaftler vorzüglich. Vor unserer gestrigen Weihnachtsfeier hatten Joh und ich damit begonnen, für uns zwölf Personen, drei Hühner zuzubereiten. Im Rohzustand entfernten wir deren Knochen. Eine schwierige Arbeit, aber mit etwas alkoholischer Stärkung brachten wir es fertig. Inge bereitete inzwischen die verschiedenen Füllungen vor. Am Vormittag des großen Essens füllen wir den

Tieren die Bäuche, jeden nach anderer Fasson. So gut wie es aus der Bratröhre riecht, so vorzüglich schmeckt es allen. Die drei Vögel werden gänzlich vertilgt. Zum Kaffee mundet uns ein köstlicher, von Susanne gebackener Kuchen. Sie, die angehende Biologin, ist gelernte Konditorin. Abschließend spielen uns Joh und Ruth klassische Musik. Den Tag beenden die anderen mit einem Sundowner in den Dünen, während ich auf eigenen Wunsch allein in die Steinwüste spaziere und meinen Gedanken nachhänge.

(Edith Böhme)

Knecht Ruprecht war da!

Gestern Abend so gegen sieben,
Mutter war grade beim Kaufmann drüben.
Da holperts und polterts die Treppe herauf,
pocht an die Tür und reißt sie auf!

Knecht Ruprecht war's, er trat herein
und denkt euch, ich war ganz allein.
Gleich brummte er etwas wie „Weihnachtslieder",
da rutschte ich flink vom Stuhl hernieder
und sang ihm das Lied von der „Stillen Nacht",
da hat er aber Augen gemacht!

Er schenkte mir Äpfel, Nüsse und Pfefferkuchen
und brummte: „Dich werd' ich bald wieder besuchen.
Leb wohl, grüß Vater und Mutter schön"!
Ich sagte fröhlich: „Auf Wiederseh'n".

(Autor unbekannt)

Weihnachten im Garten

Unsere Enkelkinder waren noch klein und sie wünschten sich schon lange, einmal im Garten auf den Weihnachtsmann zu warten. Unsere kleine Enkelin hatte eine kleine Edeltanne geschenkt bekommen, die im Garten eingepflanzt, gehegt und gepflegt wurde. Und dieses Bäumchen sollte doch auch unbedingt mal ein Weihnachtsbaum sein.

Der Heilige Abend kam heran und wir fuhren zum Krippenspielgottesdienst in die Kirche, welchen unsere Enkel mitgestalteten. Nach diesem schönen Gottesdienst stiegen wir wieder in die Autos und fuhren los. Es war schon dunkel und ziemlich kalt.

Die Kinder dachten, wir fahren nun nach Hause und es gibt Kaffee und Kuchen und Geschenke, aber weit gefehlt. Wir fuhren einfach weiter und machten erst im Garten halt. Was für ein Anblick, als uns der beleuchtete Tannenbaum entgegen strahlte. Das war eine Freude für die ganze Familie. Ringsumher war alles still und dunkel, aber in unserem Garten leuchtete ein Weihnachtsbaum.

Wir tranken heißen Tee, um uns zu wärmen, denn es war wirklich kalt geworden. Wir sahen ein Häschen über den

Rasen hoppeln und genossen die Ruhe. Das war wirklich eine stille Nacht. Und dann fielen doch tatsächlich noch die ersten Schneeflocken vom Himmel. Erst vereinzelt und ganz klein, aber es wurden immer mehr und das kleine Bäumchen sah ganz schnell wie eingezuckert aus. Eine heilige Nacht.

Bei aller Freude schauten die Kinder aber auch bald fragend, ob der Weihnachtsmann wohl auch Geschenke dagelassen hätte.

Wir wussten zu berichten, dass der Weihnachtsmann es nicht in den Garten geschafft hätte, aber zu Hause hat er sie abgegeben.

Wir fuhren ins warme Zuhause, genossen ein köstliches Abendbrot und dann war es Zeit für die Bescherung.

Es wurde gesungen und Gedichte wurden aufgesagt. Es war ein wunderschöner Heiliger Abend.

Und es war besonders schön, weil wir sehen konnten, wie sehr sich die Kinder über ein Bäumchen mit Kerzen freuen können.

(erzählt von Hanna)

Alles still!

Alles still! Es tanzt den Reigen
Mondenstrahl in Wald und Flur,
Und darüber thront das Schweigen
Und der Winterhimmel nur.

Alles still! Vergeblich lauschet
Man der Krähe heisrem Schrei.
Keiner Fichte Wipfel rauschet,
Und kein Bächlein summt vorbei.

Alles still! Die Dorfeshütten
Sind wie Gräber anzusehn,
Die, von Schnee bedeckt, inmitten
Eines weiten Friedhofs stehn.

Alles still! Nichts hör ich klopfen
Als mein Herze durch die Nacht –
Heiße Tränen niedertropfen
Auf die kalte Winterpracht.

(Theodor Fontane)

Winterzeit

Der Winter ist gekommen,
hat uns das Licht genommen.
Er macht die Tage trüb und grau.
Der Wind von Nord weht kalt und rau.
Der Winter ist gekommen.

In diesen düstren Tagen
braucht man nicht zu verzagen.
Es macht uns froh der Tannenbaum.
Hoffnung kehrt ein in jeden Raum,
in diesen düstren Tagen.

Die Welt wird langsam heller,
dann geht es schnell und schneller,
bis eines Tag's ein Vogel singt
und uns einen Gruß vom Frühling bringt.
Die Welt wird langsam heller.

(01.01.1983 GELA)

Der Weihnachtsbaum

Sie nahm die kleinen Kugeln. Die roten.
Und goldene Schleifen.
Sie sagte ihm, wie sehr sie ihn vermissen würde.
Sie flüsterte, wie traurig sie wäre, weil er einfach
nicht wiedergekommen war.
Sie seufzte, weil sie nun wieder den Weihnachts-
baum allein schmücken sollte.
Sie schimpfte, weil sie das gar nicht wollte.
Sie weinte, weil er Weihnachten nicht bei ihr
sein konnte.
Sie lächelte, weil sie wusste, wie sehr er
Weihnachten liebte.
Das Bäumchen war gut gewachsen, strahlte
in Rot und Gold.
Sie stellte es an den kalten Marmorstein und
strich zärtlich über seinem Namen.
Sie zündete eine Kerze an und flüsterte:
Unsere Liebe bleibt.

(Carmen Sabernak)

Die Feder am Weihnachtsbaum

Es würde ein schönes Weihnachtsfest werden. Davon waren Elli und Else überzeugt. Der Papa würde bei ihnen sein, obwohl er viele Operationen und Bestrahlungen in diesem Jahr aushalten musste. Aber er würde da sein.

Sie überlegten schon im November, was sie machen könnten. Eine kleine Weihnachtsaufführung wäre toll. Aber was? Akrobatische Übungen hatten sie schon m letzten Jahr vorgeturnt. Das war also keine Überraschung mehr. Hm – ratlose Gesichter, keine Idee.

Sie legten eine Schallplatte mit Weihnachtsliedern auf, lagen bäuchlings auf dem Teppich, hörten zu und überlegten weiter. Es wollte ihnen nichts Passendes einfallen. Aber dann kam dieses Lied und Elli sprang vor Begeisterung auf. *„Else, das ist es. Hör doch mal. Hier können wir jede Strophe spielen. Wir ziehen uns wie die Engel in diesem Lied an. Was meinst Du?"* Else, die sieben Jahre jüngere Schwester rappelte sich auch hoch. Sie konnte die Begeisterung ihrer großen Schwester noch nicht so ganz folgen. Elli erklärte voller Vorfreude ihren Plan. Und dann platze auch bei Else der Knoten. Sie hatte gleich eine Vorstellung von den Kostümen. Freudig hüpften sie auf dem Dielenboden und die Plattennadel hüpfte mit. Die beiden Mädchen ließen sich davon nicht stören. Sie hatten ihren Plan für die Weihnachtsüberraschung.

Die Adventszeit war schon immer eine Zeit voller Heimlichkeiten und so fiel es auch gar nicht weiter auf, dass die Mädchen nach dem Abendessen meist schnell in ihrem Zimmer verschwanden. Sie lernten den Text auswendig und überlegten genau, was bei welcher Strophe zu tun wäre. Sie übten und probten. Sie tuschelten und fanden ausgezeichnete Verstecke für ihre Kostüme. Die Zeit verging wie im Fluge.

Die vierte Adventskerze war bereits abgebrannt. In wenigen Tagen war Heilig Abend. An einem dieser letzten Abende, als die Mama der beiden Mädchen zur Spätschicht war, sollte die Generalprobe sein. Am nächsten Tag sollte der Papa aus dem Krankenhaus zum Feiertagsurlaub nach Hause kommen. Es war also höchste Zeit.

Sie begannen zu proben, aber das Licht im Wohnzimmer war nicht vergleichbar mit der Atmosphäre von Tannenbaumbeleuchtung. Es kam keine Stimmung auf. Elli hatte eine wundervolle Idee. Sie holte ein Sofakissen und stopfte es von oben in die Stehlampe. Eine Glühlampe von zweien hatte sie schon lose geschraubt und so erhielten die zwei Künstlerinnen die passende Beleuchtung. Ja, das war anheimelnd. Sie sangen und übten und sogar ein weihnachtlicher Duft lag über ihrer Vorstellung. Als dieser sich verstärkte, schrillten bei Elli alle Alarmglocken. Das Kissen. Der weihnachtliche Duft veränderte sich schnell. Es roch nach verbrannter Wolle. Sie zerrte das Kissen aus der Stehlampe, riss die Balkontür auf und feuerte es auf den kalten Boden. Puhhh – erst mal so weit. Kurze Verschnaufpause. Dann rannte sie los. Stehlampe ausschalten. Deckenlicht einschalten. Ab ins Bad, ein Handtuch nass machen. Mit dem tropfenden Teil rannte sie wieder zum Balkon und legte es auf das angesengte Kissen. Tränen abwischen, der Schreck saß der kleinen Else, aber auch Elli in allen Gliedern. Wie viel Zeit war noch? Zwei Stunden, dann würde die Mama von der Schicht kommen. Bis dahin musste dieser Gestank verschwunden sein. Sie öffneten beide Flügel der großen Balkontür und das Küchenfenster. Die frische Winterluft pustete den Brandgeruch aus der Wohnung.

Die Mädchen beruhigten sich wieder. Die Stehlampe hatte keinen Schaden genommen. Elli schraubte die Glühlampe wieder fest und es sah alles aus wie immer. Nun war da nur noch das Sofakissen. Schuldbewusst schlichen sie auf den Balkon und nahmen das Handtuch herunter. Glück gehabt. Es wurde kein Feuer. Sie besahen sich den kreisrunden schwarzen Fleck im Kissen. Der Abendwind spielte mit den Federn, die durch das Brandloch krochen. Das sah lustig aus.

Die Mädchen zupften noch mehr heraus und pusteten die Federn in den Abendhimmel. Sie tanzten wie kleine Schneeflocken im Schimmer der Straßenlaterne. Elli und Else lachten wieder und summten das Lied.

Sie tauschten das lädierte Kissen mit einem aus ihrem Zimmer aus. Dann zogen sie einen anderen Bezug drüber, drapierten es auf ihrem Sofa und setzten den großen Teddybären davor. Sie aßen ihr Brot und huschten ins Bett. Als die Mama von der Arbeit kam, war alles wie immer.

Der Heilige Abend war so, wie er sein sollte. Papa war wirklich bei ihnen und es war wohlig warm am Ofen. Ihr Papa hatte den Weihnachtsbaum besonders schön geschmückt und die Mädchen spielten die „zwei Englein" zum Lied „Am Weihnachtsbaum die Lichter brennen". Die Eltern wischten sich die Tränen aus den Augen.

Es gab Geschenke, Süßigkeiten und es schneite. Es roch nach Tannengrün und Bratapfel und der Gänsebraten brutzelte schon im Herd.

Und am Weihnachtsbaum hing eine Feder.

(Carmen Sabernak)

Am Weihnachtsbaum

Am Weihnachtsbaum die Lichter brennen,
Wie glänzt er festlich, lieb und mild,
Als spräch' er: „Wollt in mir erkennen
Getreuer Hoffnung stilles Bild."

Die Kinder stehn mit hellen Blicken,
Das Auge lacht, es lacht das Herz,
O fröhlich, seliges Entzücken,
Die Alten schauen himmelwärts.

Zwei Engel sind hereingetreten,
Kein Auge hat sie kommen sehn,
Sie gehn zum Weihnachtsbaum und beten
Und wenden wieder sich und gehn.

„Gesegnet seid ihr alten Leute,
Gesegnet sei, du kleine Schar!
Wir bringen Gottes Gaben heute
Dem braunen wie dem weißen Haar!"

„Zu guten Menschen, die sich lieben,
Schickt uns der Herr als Boten aus,
Und seid ihr treu und fromm geblieben,
Wir treten wieder in dies Haus!"

Kein Ohr hat ihren Spruch vernommen
Unsichtbar jedes Menschen Blick
Sind sie gegangen wie gekommen,
Doch Gottes Segen bleibt zurück.

(Hermann Kletke)

Christkindl's Geheimnis

Meine Mutter hat mir Folgendes erzählt:
Ich muss etwa 2-3 Jahre alt gewesen sein, denn ich konnte noch nicht richtige Sätze formen.

Unter meinen Spielsachen befand sich auch eine Puppe, die ich sehr liebte. Aber, ich wollte brennend gern eine Puppe mit Schlafaugen haben, d.h. eine, die ihre Augenlieder zuklappen kann, wenn man sie in Liegestellung bringt. Sie sollte dazu auch "Mama" sagen oder etwas in der Richtung.

Meine Mutti war von Beruf Schneiderin und verdiente zur Aufbesserung des geringen Gehalts meines Vaters ein bisschen Haushaltsgeld durch Kleidernähen für andere Leute. Das heißt, sie saß oft mit einer Näharbeit in der Hand oder an der Nähmaschine.

Meine Mutti wollte mir natürlich den Wunsch nach so einer Puppe mit Schlafaugen erfüllen. Sie hatte heimlich solch eine gekauft, im Kleiderschrank versteckt für den Gabentisch zu Weihnachten und war dabei, dieser Puppe nun selbst neue Bekleidung zu nähen. Im Allgemeinen tat sie dies heimlich, wenn ich schon im Bettchen lag. Aber, aus irgendeinem Grunde arbeitete sie diesmal während des Tages daran und glaubte wohl, ich würde das nicht so bemerken, da sie öfter zu Festtagen für meine alte Puppe neue Kleidung anfertigte. Ich muss wohl beobachtet haben, dass die Näharbeit in ihrer Hand nicht für Erwachsene sein konnte.

Außerdem muss ich auch das Versteck dieser neuen Puppe in Erfahrung gebracht haben, hatte aber diese Kenntnis für mich behalten. Ich hatte wohl schon begriffen, dass es eine Überraschung unter dem Weihnachtsbaum geben sollte und deshalb zu niemandem etwas davon gesagt.

Als ich aber nun die Puppen-Näharbeit in Muttis Hand sah, ging ich zu ihr, machte mit der Hand eine langsame Drehbewegung, so als würde man etwas niederlegen und sagte gleichzeitig dazu im fragenden Tonfall „Mama???" Also, ich meinte damit natürlich die Mama-sprechende Puppe mit Schlafaugen. Jetzt war meine Mutti überrascht und verblüfft.

Nun wusste sie, dass es keine ganz große Überraschung mehr für mich unter dem Christbaum sein würde, denn ich kannte ja nun des Christkindl's Geheimnis der neuen Puppe. Trotzdem war später meine Freude unter dem Weihnachtsbaum groß und ich liebte diese Puppe innig. Nur die Vernichtung unserer Wohnung im Kriege hat der Existenz dieser Puppe ein Ende bereitet.

(Edith Böhme)

Was wünsch ich mir zu den Feiertagen?

Ich wünsche mir zu den Feiertagen,
man würd mich nicht immer wieder danach fragen.

Ich hätte gern Ruhe, gutes Essen, ein Glas Wein,
und endlich einmal bei mir sein.

Geschenke für Hilde und Max und Marie,
für Erwin, Lutz-Dieter und Jette.

Nur noch drei Tage, nein das schaffe ich nie –
es wär so schön, wenn ich alles schon hätte.

(Carmen Sabernak)

Winterzauber

Eines Tags im Winter schneit es,
weil es jetzt die richt'ge Zeit ist.
Schnee fällt sacht nun ohne Ruh'
und deckt alle Wege zu.

Häuser, Bäume, Zäune, Lauben
tragen weiche, weiße Hauben.
Langsam zieht die Dunkelheit
übers Land hin weit und breit.

Dann am Morgen scheint die Sonne.
Jeder Mensch sieht voller Wonne
eine neue, heitre Welt
unter unserm Himmelszelt.

Welch ein Glitzern! Welch ein Schimmer!
So was Schönes sah ich nimmer.
Alle stehen staunend nur
vor dem Wunder der Natur.

Nun heraus aus warmen Stuben!
Eltern, Mädchen und auch Buben
tummeln sich in dieser Pracht,
die uns geschenkt ward über Nacht.

(27.01.1985 GELA)

Die Puppe

Ich erinnere mich an ein Weihnachtsfest, von dem wir später sehr oft erzählten.

Immer zur Weihnachtszeit reiste unsere „Schlesinger Oma", die Mutter unseres Vaters, aus Hähnichen, an. Unserer Mutti war das nicht so lieb, dass merkten meine kleine Schwester und ich sogar. Jedenfalls war zu dieser Zeit immer erhöhte Spannung im Familienleben.

Ja gut, die Sorgen um das laufende Bäckereigeschäft waren immer da und die Vorbereitungen für das Weihnachtsfest standen ja auch an. Wir Kinder hatten da schon einen Instinkt. Alles war geheim!! Um den großen Kleiderschrank im Schlafzimmer mussten wir immer einen „Bogen" machen. Geheimnisse!!! Aber genau diese Spannung verleitete uns natürlich, mal der Sache auf den Grund zu gehen.

Unsere Wohnverhältnisse waren sehr bescheiden und eingeengt, so dass unsere Eltern ihr Schlafzimmer für die Zeit des „Omabesuches" räumten. Dort schliefen dann Oma und wir zwei Mädchen. Das war günstig. Wir mussten nur abwarten, bis Oma eingeschlafen war. Das ging immer sehr fix und dann konnten wir in aller Ruhe den Schrank, der ja verschlossen war, mit einem Trick öffnen. Herrlich. Wir fanden die Weihnachtsgeschenke!

Besonders interessierte uns dann bis zum Heiligabend eine wunderbare Puppe. Sie hatte so schöne ZÖPFE. Nun ja, die Zöpfe wurden schwesterlich geteilt. Jeder bekam einen Zopf und wir übten uns im Flechten. Auf und zu, auf und zu..... bis wir müde wurden. Leise, um Oma, die gemütlich schnarchte, nicht zu wecken und dazu im Dunkeln, verpackten wir die Puppe wieder in den Karton und alles war gut. Bis zum Heiligabend!

Kurz vor der Bescherung war das Unglück perfekt. Die Puppe hatte nämlich kaum noch Haare, so viel hatten wir das Flechten geübt. Mit einem ungeahnten Ergebnis: Wir mussten zur Strafe ins Bett! Und das am Heiligabend!! Tränen über Tränen...auch bei unserer Mutti.

Heute wissen wir, dass unsere Eltern sich eigentlich die größere Strafe angetan hatten, denn sie saßen nun allein unter dem Weihnachtsbaum und das Fest war vermiest.

ABER... nur eine Stunde, dann war alles wieder verziehen und der Weihnachtsmann war trotzdem noch da.

Die besonderen Gefühle, die ich bis heute dem Weihnachtsfest entgegenbringe, haben mir meine Eltern ins Herz gepflanzt.

Karin Brzezicha (Jahrgang 1943)

Christkindchen

Wo die Zweige am dichtesten hangen,
die Wege am tiefsten verschneit,
da ist um die Dämmerzeit
im Walde das Christkind gegangen.

Es musste sich wacker plagen,
denn einen riesigen Sack
hat's meilenweit huckepack
auf den schmächtigen Schultern getragen.

Zwei spielende Häschen saßen
geduckt am schneeigen Rain.
Die traf solch blendender Schein,
dass sie das Spielen vergaßen.

Doch das Eichhorn hob schnuppernd die Ohren
und suchte die halbe Nacht,
ob das Christkind von all seiner Pracht
nicht ein einziges Nüsschen verloren.

(Anna Ritter)

Der Traum

Ich lag und schlief; da träumte mir
ein wunderschöner Traum:
Es stand auf unserm Tisch vor mir
ein hoher Weihnachtsbaum.

Und bunte Lichter ohne Zahl,
die brannten ringsumher;
die Zweige waren allzumal
von goldnen Äpfeln schwer.

Und Zuckerpuppen hingen dran;
das war mal eine Pracht!
Da gab's, was ich nur wünschen kann
und was mir Freude macht.

Und als ich nach dem Baume sah
und ganz verwundert stand,
nach einem Apfel griff ich da,
und alles, alles schwand.

Da wacht' ich auf aus meinem Traum,
und dunkel war's um mich.
Du lieber, schöner Weihnachtsbaum,
sag an, wo find' ich dich?

Da war es just, als rief er mir:
„Du darfst nur artig sein;
dann steh' ich wiederum vor dir;
jetzt aber schlaf nur ein!

Und wenn du folgst und artig bist,
dann ist erfüllt dein Traum,
dann bringet dir der heil'ge Christ
den schönsten Weihnachtsbaum.

(Hoffmann von Fallersleben)

Gegenüber

Gegenüber ist noch Licht,
das Fernsehbild flackert durchs Zimmer,
den alten Herrn sehe ich heut nicht,
er sitzt nicht im Sessel wie immer.

Seit Jahren täglich ein ähnliches Bild,
die Stunden kommen und gehen.
Fast ist es schon, als kenne man sich,
nur ich kenne ihn, nur vom Sehen.

Vor drei Jahren holten sie seine Frau
im dunklen VW-Bus bei Nacht.
Man lud sie ein zur letzten Fahrt,
er hat nie wieder gelacht.

Seither trägt er schwarz oder dunkelgrau,
geht langsam durch seine Räume.
Wo ist er denn heut, den ich still begrüße –
Vielleicht im Reich seiner Träume?

(Carmen Sabernak)

Übermut im Schnee

Sie hüpfen im Schnee,
sie jubeln und lachen und weinen

sie umarmen sich voll Freude
und rücken sich die Mützen gerade

sie ernten ob ihres Übermutes verständnislose
Blicke und es stört sie nicht

sie achten nicht auf die Worte der Bauarbeiter
sie hören nicht die Witzeleien der Schulkinder

zwei Frauen wischen sich die Tränen aus
dem Gesicht und kichern wie Teenager

eine streicht der anderen liebevoll über
den haarlosen Kopf

dann noch ein Jubelruf
hurra – es war die letzte Chemo!

Carmen Sabernak

Wunschzettel

Lieber Weihnachtsmann, ich wünsche mir –
ich überlege grade –
ein Püppchen und ein Kuscheltier,
schön wär auch Schokolade.

Und richtig Schnee hätt ich so gern,
genug zum Schneemannbauen.
Ach einen Schlitten möchte ich noch,
Du weißt schon – diesen blauen.

Mein Bruder ist noch viel zu klein,
der kann noch gar nicht schreiben.
Bring ein Schaukelpferd ihm bitte mit,
auch einen Ball kann er gut leiden.

Die Mami wünscht sich viel mehr Zeit,
kannst Du die auch besorgen?
Für Papi einen Schal – ganz breit
Und nicht so viele Sorgen.

Ich wünsche mir auch noch von Dir,
dass wir gemeinsam singen.
und viele Lichter gibt's dann hier,
wirst Du auch alles bringen?

Ja bitte, lieber Weihnachtsmann,
komm uns doch besuchen.
Ganz sicher gibt es heißen Tee
und leckeren Weihnachtskuchen.

(Carmen Sabernak)

Vorsätze

Silvester, Silvester
das ist der letzte Tag im Jahr.
Man überdenkt, wie's Jahr so war,
ob es viel Gutes hat gebracht,
ob an die Freunde man gedacht,
ob man gegessen süße Sachen
und will nun alles besser machen.

Silvester, Silvester
der Tag bringt uns so allerlei.
Er endet stets mit Knallerei.
Die Glocken läuten Neujahr ein.
Man wünscht sich Glück bei Sekt und Wein,
dass Frieden bleibt in aller Welt
und nirgends Sorge Einzug hält.

Doch kaum ist Neujahr grad' vorbei,
beginnt die alte Hetzerei,
sind alle Vorsätze vergessen.
Das kann derjenige ermessen,
dem es schon oft so ist ergangen,
der jedes Jahr wollt' neu anfangen.

(31.12.1979 GELA)

Über die Autorinnen:

Edith Böhme (Jahrgang 1927)

Die gebürtige Berlinerin Edith Böhme begann ihre berufliche Laufbahn in einem großen Industrieunternehmen in Berlin. Als ausgebildete Chemotechnikerin arbeitete sie anschließend 23 Jahre in der Schweiz (Genf) im technischen Kundendienst eines amerikanischen Herstellers von Kunststoff-Rohstoffen. Seit ihrer Pensionierung wohnt sie wieder in Deutschland.

Als Ausgleich zu ihrer beruflichen Tätigkeit in der Welt der Technik bemühte sie sich in ihren Urlaubswochen - später dann auch für längere Einsätze - um Volontärarbeiten auf naturwissenschaftlichen Forschungsstationen.

Ihre Volontäreinsätze verbrachte sie auf Galapagos, einem geologischen Forschungsschiff, einer Insel im Großen Barriereriff und in Südafrika sowie in den Wüsten Israels und Namibias.

GELA (Jahrgang 1943)

Hobbies: Theatergruppe, Wandern

Karin Brzezicha (Jahrgang 1943)

Sie verbrachte ihre Kindheit in Potsdam und wurde nach ihrer Ausbildung Erzieherin bis 1967 in Potsdam. 1967 bis 2007 Kita-Leiterin in Potsdam und Berlin. Später wieder ein Umzug in die Nähe von Potsdam. Gelandet in Teltow. Danach ehrenamtliches Engagement bei der AWO-TELTOW, Mitarbeit im Projekt „JAHA" (Junge Alte helfen alten Alten). Seit kurzer Zeit Stellvertreterin des AWO-Ortsvereins. Seit 2012 Mitglied des Seniorenbeirats der Stadt Teltow. Frau Brzezicha ist verheiratet, hat 3 erwachsene Kinder und 7 Enkelkinder.

Hanna (Jahrgang 1937)

Geboren in Zehdenick kam Hanna vor 57 Jahren mit ihrem Mann nach Potsdam. Hier arbeiteten und lebten sie mit ihren 2 Töchtern, und waren glücklich verheiratet, bis ihr Mann 2009 starb.
Sie unternahmen gemeinsam viele Reisen, nach 1989 auch einige in die Länder, in denen Besuche bis dahin nicht möglich waren. Sie liebten ihren Garten und verbrachten dort viel Zeit mit ihren Enkelkindern.

Christel Hübner (Jahrgang 1931)

Teltowerin, war als Sachbearbeiterin tätig und war später in der Kulturarbeit eines Großbetriebes tätig. Seit sie im Unruhestand ist, hat sie mehr Zeit für die Mitwirkung in einer Singegruppe. Sie bäckt und kocht noch immer leidenschaftlich gern und greift dabei auch gern auf Rezepte zurück, die schon seit ewigen Zeiten im Familienrezeptbuch aufgeschrieben wurden. Sie hat 2 Töchter und 3 erwachsene Enkelkinder und ist glücklich, wenn sie zusammen sein können.

Carmen Sabernak (Jahrgang 1958)

Platz für eigene Geschichten

Weitere Bücher von Carmen Sabernak

„Fünf Tage Hoffnung und kein Abschiedswort"
erschienen 2011 im BoD Verlag

ISBN: 9783842374416
Preis: 12,90 Euro

„Weil Träume fliegen können..."
erschienen 2012 im BoD Verlag

ISBN: 9783848214280
Preis: 5,00 Euro

„Harken für die Seele"
erschienen 2012 im BoD Verlag

ISBN: 9783848215898
Preis: 5,00 Euro

„Begegnungen im Leben"
erschienen 2013 im BoD Verlag

ISBN: 9783732280889
Preis: 5,00 Euro

„Dezember Zauber"
erschienen 2013 im BoD Verlag

ISBN: 9783732286065
Preis: 14,90 Euro